AF455466

A BAS LES MASQUES!

OU

RÉPLIQUE AMICALE

A QUELQUES JOURNALISTES

DÉGUISÉS EN LETTRES DE L'ALPHABET;

PAR M. DE FORTIA,

AUTEUR DE QUELQUES RÉFLEXIONS D'UN HOMME DU MONDE, SUR LES SPECTACLES, LA MUSIQUE, LE JEU ET LE DUEL.

Qui se fait brebis, le loup le mange.

PRIX: 1 FR. 25 C.

PARIS,

CHEZ DELAUNAY, DENTU, LATOUR, Libraires au Palais-Royal.
MARTINET, rue du Coq Saint-Honoré.
EYMERY, rue Mazarine, n°. 30.

AVRIL 1813.

Cette brochure est un supplément indispensable à QUELQUES RÉFLEXIONS D'UN HOMME DU MONDE, SUR LES SPECTACLES, LA MUSIQUE, LE JEU ET LE DUEL.

AVANT-PROPOS.

Je ne me constitue le champion de personne; c'est ma propre cause que je défends. Des Journalistes abusant de leur privilége de pouvoir écrire tous les jours, et d'un incognito *qui semble tout leur permettre, m'ont critiqué d'une manière qui m'a paru mériter une réplique de ma part. Je sais que les bonnes gens prétendent qu'il faut mépriser ces sortes d'attaques, en n'ayant pas l'air de s'en apercevoir; tout en convenant que le mépris est bien réellement ce qu'elles méritent (et je me réserve tous mes droits à cet égard), je sais aussi que ce serait donner gain de cause à leurs auteurs: le trait lancé reste, et c'est tout ce qu'ils demandent. Quel que soit le motif du silence de l'écrivain, l'effet en est toujours le même pour l'Aristarque, qui peut quelquefois attribuer à la crainte qu'il inspire, une conduite due à une cause très-différente. Si l'on répond aux critiques, ceux-ci accusent l'auteur d'un amour-propre qui ne peut tolérer la censure, d'une* susceptibilité *poussée à l'excès, qui s'irrite contre des observations très-simples et très-justes. Ils oublient et le ton et le genre de ces observations : de manière que l'écrivain, qu'il réponde ou non, se trouve toujours placé entre deux écueils. On verra, par la manière dont ces MM. accueilleront ma brochure, s'ils donneront, soit par leur silence, soit par la nature de leurs répliques, l'exemple de cette impassibilité ou de cette modération qu'ils exigent si despotiquement des gens de lettres.*

La sévérité dans les jugemens est permise. C'est au public à décider en dernier ressort entre les parties : mais les personnalités, la perfidie dans les citations, la mauvaise foi évidente, ne doivent jamais être tolérées ni demeurer impunies. Si tous les auteurs prenaient le parti de répondre aux Journalistes dans le même style qu'on a adopté avec eux (et même un peu plus sévèrement*, les représailles devant, dans tous les genres de guerre, aller toujours en croissant, pour que les voies de fait finissent plutôt), ces MM. se renfermeraient bientôt dans les bornes d'une critique raisonnée, loyale, décente, la seule que puissent se permettre des littérateurs vraiment dignes de ce nom. Ces principes sont de toute rigueur : sans leur observation stricte, la profession la plus honorable devient le plus vil des métiers.*

A BAS LES MASQUES!

OU

RÉPLIQUE AMICALE

A QUELQUES JOURNALISTES

DÉGUISÉS EN LETTRES DE L'ALPHABET.

Si MM. les Journalistes, lorsqu'ils ont dénaturé, tronqué des passages dans les ouvrages dont ils rendent compte, pour les critiquer plus à leur aise, avaient la bonne foi de convenir de leurs torts, et de les réparer en se rétractant, ils ne feraient assurément rien que de très-naturel et de très-juste. C'est ce qu'ils ne font jamais; se regardant comme un corps d'infaillibles, ils dédaignent de revenir sur leurs pas; toutes les réclamations sont inutiles auprès d'une classe de juges intimement convaincus qu'ils ne peuvent se tromper. L'écrivain qui se croit mal jugé, n'a donc d'autre ressource que d'en appeler au public, et c'est ce que je vais faire. Comme le ton de ces MM. est assez souvent fort éloigné de celui dont ils ne devraient jamais s'écarter, il m'arrivera peut-être de prendre quelquefois le même avec eux : je ne crois pas qu'après m'avoir fourni mes modèles, ils ayent le droit de s'en plaindre.

L'usage adopté par ces MM., de se masquer sous une ou plusieurs lettres, dont souvent aucune n'entre dans leurs noms, me paraît extrêmement ridicule : presque tous les collaborateurs du Moniteur, trois du Journal de l'Empire, signent leurs articles ; pourquoi tous les Journalistes ne seraient-ils pas tenus d'en faire autant ? il n'y aurait, ce me semble, aucune sorte d'inconvénient. On prétend qu'ils sont tous connus par leurs lettres (ce qui est faux) ; mais s'ils le sont, c'est une raison de plus pour se nommer, et il ne doit pas leur en coûter : s'ils ne le sont pas (et je réponds que dans les départemens on n'en connaît pas le quart), ils doivent l'être, ne fût-ce que pour les engager à mettre dans leurs critiques la politesse et la décence, dont, quoi qu'ils en disent, ils s'écartent trop souvent : ce qui ne les empêche pas d'être fort choqués, lorsqu'on leur dit un peu crûment leurs vérités; ont-ils pu se persuader qu'ils avaient le privilége exclusif de frapper sans qu'on le leur rendît ? Il est à propos de combattre de temps en temps une croyance aussi erronée.

Les Journalistes s'étant établis les juges suprêmes de la littérature, se regardent comme les oracles du goût. Cependant nous voyons quelquefois une comédie ou tel autre ouvrage analysé dans trois Journaux, trouvé bon, médiocre et mauvais : il est constant que sur ces trois, deux ont mal jugé, ce qui n'empêche pas les trois docteurs de regarder, chacun de leur côté, leur décision, comme la meilleure, et les deux dont l'opinion sera bientôt mise, par le public, dans l'oubli qu'elle mérite, ne conviendront jamais qu'ils se sont trompés. Il serait donc à propos que tout le monde connût ces professeurs endurcis dans leur impénitence, qui se proclament infaillibles, au moment même où ils se trompent le plus lourdement. Quelquefois aussi un ouvrage est déchiré dans un Journal, uniquement parce qu'il a été loué dans tel autre, ce qui fait une excellente raison. Ces MM. sont souvent en guerre les uns contre les autres ; ils se distribuent périodiquement quelques épigrammes et beaucoup d'injures. Le quart au moins des feuilletons est consacré, non à rendre compte des ouvrages, ce à quoi ils devraient se borner, mais à parler des auteurs, ou à satisfaire les petites haines de MM. les Journalistes : ils forcent le public à prendre part à leurs discussions particulières, et assurément ce n'est pas pour savoir que M. A. n'aime pas M. B., et que M. B. déteste M. C., qu'on a donné son argent. Ces diatribes sont de la dernière indécence : quoique ces MM. mettent à leurs petites querelles une importance comique, et qu'ils aient l'air de croire que le public y en met autant qu'eux, le Gouvernement, qui doit voir les choses sous leur véritable aspect, ne pourrait-il pas se mêler de ces guerres de plume entre quelques lettres de l'alphabet? serait-il au-dessous de sa dignité de délivrer des milliers de lecteurs de ces altercations plus que ridicules, et de faire cesser un abus scandaleux, en contenant impérieusement (et sous la peine d'un perpétuel silence) MM. les Journalistes dans des limites qu'ils ne devraient jamais franchir, et en les forçant à ne s'occuper que de l'examen des productions littéraires?

M. Geoffroy est, de tous les Journalistes, celui contre lequel on s'acharne le plus impitoyablement. Je n'ai jamais fait, à ceux qui jettent feu et flamme contre lui, l'injure de penser que toutes leurs diatribes eussent pour but de combattre les opinions de ce critique sur les pièces et les acteurs. Ceux-là sont bien novices, qui se persuadent que des Journalistes vont prendre la peine de guerroyer pour défendre le bon goût, pour donner au public des idées saines et justes, pour redresser des opinions fausses ou exagérées, en un mot, pour les progrès de la littérature et de l'art théâtral. Ils s'embarrassent fort peu de tout cela : voici leur vrai motif, qui est beaucoup plus simple, plus naturel, mais qu'ils n'avoueront sûrement pas, ce qui est encore très-simple.

Le Journal de l'Empire a vingt-quatre mille abonnés ; par cela seul, il devient nécessairement l'objet de l'envie, de la jalousie des autres. Malgré les qualifications de grand Lama, de Muphti, de Patriarche des Feuilletons, et autres platitudes qui deviennent des gentillesses sous la plume d'un infaillible, M. Geoffroy contribue pour beaucoup, dans les départemens surtout, à ce nombre prodigieux de souscripteurs : ceux-ci sont apparemment des imbécilles, car cinq ou six mille au moins ne tiennent à ce Journal (fort inférieur aux autres dans ce qui n'est pas littérature), que pour le Feuilleton de M. Geoffroy ; s'il le quittait demain, sous trois mois, six mille abonnés en feraient autant. Or, comme ces *déserteurs* reflueraient nécessairement sur d'autres Journaux qui ne comptent pas les leurs par milliers, il faut tâcher, à force d'injures et d'invectives, de dégoûter M. Geoffroy, de le contraindre à abandonner la partie. Mais, dira-t-on, que peuvent gagner à cela les autres Journalistes ? Vraiment, ils peuvent gagner de porter des articles de 40 francs à 50 ou 60, et ce petit profit n'est pas à dédaigner. Il a toujours été permis de travailler en même temps pour l'argent et pour la gloire ; la petite augmentation d'argent serait un effet immédiat de la défection de M. Geoffroy ; pour ce qui concerne l'augmentation de gloire, je ne ne la garantis pas aussi formellement à MM. de l'A, B, C ; mais je les crois peu exigeans sur cet article (1).

---

(1) C'est une grande erreur que de regarder comme littéraires, des Journaux qui paraissent tous les jours ; tel ouvrage exige cinq ou six articles : deux mois, quelquefois plus, s'écoulent entre le premier et le dernier. Comment veut-on que le lecteur n'ait pas entièrement perdu de vue tout ce qui a précédé ? Les anciennes feuilles sont égarées, brûlées : l'ouvrage

Quant aux attaques dirigées contre M. Geoffroy, dans son propre journal, elles tiennent à des motifs que je sais et que je ne dirai pas, pour balancer ceux qui disent ce qu'ils ne savent pas. Il suffit au public d'avoir vu l'inégalité de la lutte, qui n'a pas été longue, et dans laquelle M. Geoffroy a remporté une victoire complète, quoiqu'elle lui ait coûté fort peu. Je vais passer des observations générales à ce qui me concerne personnellement.

Le Journal des Arts a, le premier, rendu compte de mes Réflexions, dans le n°. du 10

---

jugé a-t-il pu l'être dans son ensemble ? Chaque article d'une feuille éphémère n'est-il pas nécessairement isolé, lorsqu'il devrait former avec les autres un tout indissoluble ? Les Journaux littéraires d'autrefois (car ici, je l'avoue, je suis *laudator temporis acti*) paraissaient tous les quinze jours, ou tous les mois : ils formaient des volumes dont la collection se conservait ; le critique pouvait insérer son examen d'un grand ouvrage dans un seul numéro, au plus dans deux : il soignait cette analyse, qui formait elle-même un petit ouvrage. Il y attachait de l'importance, parce que ces Journaux n'étaient pas anéantis, à tour de rôle, par celui du lendemain ; et le lecteur, parvenu à la fin de l'analyse, ne craignait pas d'en avoir oublié le milieu, et, à plus forte raison, le commencement.

septembre. Ce journal, contre lequel les autres décochent de temps en temps quelques épigrammes, dont la plus mordante est de l'appeler le *petit journal jaune*, de la couleur de sa couverture, ce qui est, comme l'on voit, extrêmement malin, n'en est pas moins le plus piquant et le plus varié de tous. Je n'ai pas à me plaindre du compte qu'on y rend de mon ouvrage, quoiqu'on ne partage pas toutes mes opinions; je fais mes remercimens à la lettre Y, qui a bien voulu s'occuper de moi.

Le Moniteur du 20 octobre rend compte de *mes Réflexions;* il combat plusieurs de mes opinions, ce que je trouve parfaitement simple; mais il le fait poliment, sans aigreur, sans amertume. Il prétend qu'il règne dans mon ouvrage un ton de bonne compagnie que les gens de lettres et même les gens du monde n'ont pas toujours : cet éloge m'a flatté; d'autres critiques ne sont pas de cet avis. Je suis payé pour me ranger de celui du Moniteur, d'autant plus que je n'ai pas à me plaindre du succès de cet ouvrage, dans ce qu'on nomme la bonne compagnie. Je sais bien qu'il est reconnu que les gens du monde, ce qu'on appelait autrefois les gens comme il faut, sont des ignorans, des sots, hors d'état de juger un ouvrage de littérature; M. de Richelieu était de l'Académie, et ne savait pas l'orthographe; ainsi voilà qui est démontré. Cependant, lorsqu'on ne peut pas tout avoir, il faut savoir se contenter de ce qu'on a; je me contenterai donc du suffrage des gens de bonne compagnie, jusqu'à ce que je puisse obtenir celui des autres; si je n'ai pas le bonheur d'y parvenir, je tâcherai de m'en consoler.

Un M. C. a consacré deux feuilletons du Journal de Paris, les 24 octobre et 7 novembre, à parler de mes Réflexions: c'est-à-dire, seulement des Spectacles, sur lesquels il disserte très-longuement, laissant presque toujours de côté l'ouvrage analysé. A la fin de son second article, il s'est aperçu qu'il n'en était encore qu'au quart de la brochure dont il rendait compte, et que s'il traitait les trois autres chapitres avec la même prolixité, il y emploierait huit feuilletons, ce qui pourrait paraître un peu long pour une brochure de 160 pages; il a mieux aimé en rester là, et voici sa conclusion des deux feuilletons, que l'on peut, sans offenser personne, nommer *insignifians*:

« Forcé de quitter ici *l'homme du monde* sans
» avoir parlé de ses Réflexions sur la Musique, le Jeu et le Duel, je les recommande
» à l'attention sérieuse de tous les lecteurs
» éclairés; leurs suffrages lui seront cent fois

» plus agréables que tous les éloges que je » pourrais leur donner. » Il est d'autant plus fâcheux que M. C. ait été mal disposé lorsqu'il s'est chargé de mon ouvrage, que ses articles sont presque toujours gais et piquans, ce qu'on ne reprochera pas à tous ses collègues.

Le plus redoutable athlète que j'aye à combattre, est M. J.-B.-S. qui s'escrime dans la Gazette de France, et qui a rendu compte de mon ouvrage dans celles du 7 et du 20 décembre. S'il n'avait mis que de la sévérité dans ses jugemens, je ne m'en plaindrais pas; mais il y a mis de la partialité, de l'injustice, et ce qui est inexcusable, de la mauvaise foi.

M. J.-B.-S. trouve « mon style un peu triste, » ma manière un peu sèche, et que mon ton » n'a pas cette fleur de bienveillance et d'ur» banité qui caractérise les gens de ma classe.» De manière que c'est un journaliste dont les critiques manquent journellement de l'une et de l'autre qui prétend donner des leçons de bienveillance et d'urbanité; on croit voir Figaro écrivant un traité sur les finances, sans posséder un écu. M. J.-B.-S. corrige quelques-unes de mes phrases; deux de ses observations sont justes; les deux autres sont de la pédanterie toute pure, quoique je sois obligé de convenir que les passages qu'il substitue aux miens, valent mieux. Mais c'est trop s'attacher aux branches, et lorsqu'il le voudra, je me charge de trouver dans chacun de ses articles, cinq ou six phrases qui pourraient être mieux tournées, et ses articles sont moins longs que ma brochure. Indépendamment des fautes de grammaire que mon Aristarque a relevées, il me reproche des fautes de logique assez nombreuses; ceci est plus sérieux.

J'ai dit que je croyais inutile d'offrir des pièces morales à des gens qui rient de voir bafouer les deux vieillards des Fourberies, et je dis plus bas, que les jeunes gens du jour se croiraient déshonorés s'ils riaient aux farces de Molière. M. J.-B.-S. voit là une contradiction, parce que j'ai dit qu'on riait et qu'on ne riait pas; si un journaliste pouvait quelquefois prendre les choses du bon côté, il n'en verrait pas; au lieu de supposer l'auditoire composé en totalité de gens qui rougiraient d'y rire, ne serait-il pas aussi simple de le supposer composé des deux classes, de manière que l'une riant, et l'autre ne riant pas, chacune conservât le caractère que je lui ai donné? mais ce raisonnement est bien subtil pour l'homme qui veut critiquer à quelque prix que ce soit. Selon mon Aristarque, j'ai de l'*humeur*; je suis d'une complexion *un peu bilieuse* ; il me connait mal ; personne n'a moins d'humeur, n'est moins bilieux que moi ; je suis d'un caractère fort gai ; mais je n'en dis pas moins la vérité en riant ; ce que beaucoup de gens oublient de faire, même en ne riant pas.

M. J.-B.-S. cite une assez longue tirade, où je ne traite pas bien les jeunes gens, et il ajoute « ces réflexions peuvent paraître un peu » amères ; mais elles ne sont pas dénuées de » vérité » ; ce qui, en style de journaliste toujours sobre en éloges, signifie qu'elles sont parfaitement vraies.

Mon critique ne pense pas que la foule qui court aux mélodrames, aux farces des Variétés, et qui abandonne les grands théâtres ; que cet empressement soient une preuve de la décadence du goût : il en donne pour raison que l'homme de goût s'amuse souvent d'une parade des boulevards, qu'Horace lui-même accorde cette petite débauche aux gens d'esprit. Je ne sais si Horace l'eût accordée pendant quinze ou vingt ans ; car il y a au moins ce temps-là, que cet empressement pour voir des platitudes dure sans interruption. Voltaire et Janot, dit le Journaliste, ont partagé les hommages du public ; la chose est réelle, et quoique, selon lui, je sois un admi-

rateur

rateur aveugle du temps passé, je ne la trouve pas moins complètement ridicule. Un homme d'esprit peut aller voir un mélodrame, ou une mauvaise farce, mais il n'y va pas deux fois.

Mon Aristarque, m'ayant accusé de manquer de logique, est forcé, pour demeurer fidèle à son plan, de me trouver souvent en contradiction avec moi-même, et voici comment il s'y prend « L'auteur des Réflexions, » dit : le public court admirer de *bonnes co-* » *médies*, et il a dit plus haut que ce n'était » pas les pièces, mais les acteurs qu'il al- » lait voir ». Voilà, selon M. J.-B.-S., une contradiction : je lui répondrai par une de ses phrases ; « qu'aujourd'hui les chefs-d'œuvre » de Corneille, de Racine et de Molière, sont » aussi recherchés que jamais, quand ils sont » représentés par des acteurs *capables d'en* » *faire sentir les beautés.* » On n'y va donc pas, lorsqu'ils sont représentés par les doubles ; ai-je dit autre chose ? J'ai entendu par le public, trois ou quatre cents amateurs qui vont voir de bonnes pièces pour elles-mêmes, et qui les reconnaissent à peine, par la manière dont elles sont rendues. Ces gens là forment bien un auditoire, ce qui n'empêche pas la recette d'être à peu près nulle. Ce que j'ai dit n'implique donc pas contradiction pour ceux qui ne veulent pas en trouver à tout prix, et qui, pour me servir d'une expression très-juste, quoique triviale, *ne demandent que plaies et bosses*. Passons à la Gazette du 20 décembre.

Il est d'abord question de la musique; M. J.-B.-S. paraît fort choqué de ce que, en accordant aux seuls musiciens le droit de juger la musique, je refuse formellement aux ignorans celui de donner leur avis. Il défend la cause de ces derniers avec tant de chaleur, que je le soupçonnerais de défendre sa propre cause, s'il n'était pas universellement reconnu qu'un journaliste doit tout savoir. Mais, s'il y met beaucoup de chaleur, il y met fort peu d'adresse, et même de logique; ce qui est impardonnable à un homme qui me tance aussi vertement de n'être pas bon logicien. « Il » n'est pas nécessaire (dit-il) de connaître » tous les secrets de l'art pour en apprécier » les productions ». Pardonnez-moi, ou on court grand risque de mal les apprécier, non-seulement en musique, mais dans les autres arts, parce que tous ont des règles dont il n'est pas permis de s'écarter, et dont le goût seul ne donnera jamais la connaissance. En peinture, par exemple, M. J.-B.-S. croit-il que le goût suffise pour distinguer une bonne copie d'un original ? Les peintres eux-mêmes y sont trompés tous les jours ; cependant l'un des deux tableaux vaudra vingt ou trente fois l'autre : il suffit de voir la composition de beaucoup de cabinets ; le possesseur se croit infiniment de goût, est persuadé qu'il n'a que des chefs-d'œuvre ; et dans le fait, les neuf-dixièmes de ses tableaux sont des *croûtes* richement encâdrées, et surtout bien vernies. Voilà comment les productions de l'art sont appréciées par les gens de goût. « On peut ju-» ger de la beauté, de la finesse d'une étoffe, » sans savoir de quelle manière elle est tis-» sue. » Oui, mais on jugerait souvent fort mal de son prix, de sa valeur réelle ; si M. J.-B.-S. voulait faire cadeau à quelque dame d'un schall de cachemire, malgré la finesse de son tact, il se garderait bien de ne s'en rapporter qu'à lui pour cet achat, ou il s'exposerait à être dupé comme un enfant. « Le sort » des savans est d'être en tous lieux, jugés » par les ignorans. » Aussi, comment le sont-ils ? « Démosthènes et Cicéron ne compo-» saient pas leurs discours pour des Rhétori-» ciens. » Soit : mais ils préféraient le suffrage de cent Rhétoriciens, aux applaudissemens de vingt mille *badauds* ; ce que ne fait peut-être pas, pour ses feuilletons, M. J.-B.-S. qui, à la vérité, n'est ni Démosthènes ni Cicéron. Il m'accuse encore ici de braver les règles de la logique, et les principes d'Aristote, et voici la preuve qu'il en donne. « Après avoir établi » en principe, qu'il n'appartient qu'aux sa- » vans d'apprécier les ouvrages de l'art, il » change tout à coup de parti, et prétend » que la science ne sert qu'à égarer le juge- » ment, étouffer le sentiment et l'imagination, » et soutient que notre musique n'est aujour- » d'hui si mauvaise, que parce qu'elle est » entre les mains des savans : donc ils ne doi- » vent pas être de bons juges. » Ceux qui li- ront ma brochure, reconnaîtront que les pas- sages en sont entièrement dénaturés : je n'ai parlé ni de sentiment, ni de jugement, ni d'imagination : j'ai dit, il est vrai, que plu- sieurs savans d'aujourd'hui avaient adopté un mauvais genre, ce qui ne leur ôte pas la fa- culté de juger (beaucoup mieux que tous les les gens de goût), du mérite des composi- tions musicales. D'ailleurs, la science et le goût ne sont pas nécessairement incompa- tibles : Grétry et Monsigny sont aussi des savans ; ils ont montré *quelque* goût dans leurs ouvrages, et leur musique est *pas- sable.*

Le goût varie à chaque instant ; rien n'est

plus facile que de passer pour homme de goût; il suffit de le dire: le contraire ne pourra jamais se prouver, puisqu'il n'existe aucune base, aucun principe dont on puisse partir. Les partisans de l'Opéra, des Bouffons, d'Elleviou, de Martin, se croyent tous beaucoup de goût : cependant ces chanteurs ne sont pas également parfaits, n'ont pas la même méthode ; laquelle est la bonne ? chacun soutiendra celle qui lui plaît; aucun ne pourra être convaincu d'avoir mal jugé. On chantait, il y a 30 ans, autrement qu'aujourd'hui ; dans 20 ans, on aura encore changé de manière ; toutes n'auront sûrement pas été également bonnes, et toutes auront eu des gens de goût, ou se croyant tels, pour approbateurs et pour chauds partisans. Le goût varie donc continuellement, le genre varie; les règles seules ne variant jamais, on n'est *réellement* musicien que lorsqu'on les connaît.

Me voici arrivé au Conservatoire, sur lequel mon opinion émeut singulièrement la bile de M. J.-B.-S., que je soupçonne, quoiqu'il en dise, d'un tempérament beaucoup plus bilieux que moi. Selon son usage, il me cite mal; après avoir parlé des parties dans lesquelles je trouve cet établissement digne d'éloges, il ajoute : « L'auteur des Réflexions est convaincu que

» le Conservatoire ne produira jamais rien de » bon. » Voilà ce que l'on ne trouvera écrit nulle part dans mon ouvrage ; le journaliste substitue beaucoup trop souvent ses propres idées aux miennes, pour les rendre plus susceptibles de critique ; le moyen est à peu près sûr, j'en conviens ; mais il n'est ni honnête, ni loyal. M. J.-B.-S., tout en exaltant les professeurs de déclamation, et les avantages que la scène française doit en retirer, ajoute « que les » jeunes pensionnaires sortis depuis quelque » temps du conservatoire, font pour la plupart » assez peu d'honneur à leurs maîtres. » Ne voilà-t-il pas une preuve bien convaincante de ce qu'il a avancé ? N'a-t-on pas bonne grâce à se constituer professeur de logique, lorsqu'on raisonne ainsi ? Pour ce qui me reste à dire du Conservatoire, je renvoie plus bas à ma réplique à M. S., qui me fait les mêmes reproches que M. J.-B.-S. : la même servira pour les deux.

L'Opéra buffa va fournir une nouvelle preuve de la bonne foi que mon aristarque met dans sa critique : j'ai dit, à la vérité, et je suis, en cela, de l'avis de beaucoup de gens, que je trouvais la troupe de Monsieur, en 1789, infiniment supérieure à celle d'aujourd'hui, et je prends la liberté de le répéter (1). Cela est assurément très-permis, et ne signifie autre chose, sinon que celle-ci est *bonne*, mais que celle-là était EXCELLENTE : Voici ce que le critique me fait dire : « Que » les Barilli, les Festa, les Tacchinardi, les » Crivelli, etc., sont *presque des Marsyas*, » en comparaison des Viganoni, des Man- » dini, des Rafanelli, des Mengozzi, des » Baletti, etc. » Ce serait une grossièreté et une sottise ; comme je ne l'ai ni pensée, ni écrite, elle appartient en toute propriété à M. J.-B.-S., qui trouvera bon que je la lui restitue (2).

---

(1) Si M. J.-B.-S. veut prendre la peine de jeter les yeux sur le feuilleton de la Gazette du 15 mars, il y verra MM. Barilli, Benelli, Angrisani et Tachinardi *un peu plus* maltraités par son bon ami M. S. que par moi. Il saura que Tachinardi a joué et chanté dans *la Molinara* « comme un de ces italiens qui courent l'Eu- » rope en vendant des baromètres et chantant la bour- » bonnaise ; » et M. J.-B.-S. dira que c'est moi qui appelle ces gens-là *presque des Marsyas* ! ! !

(2) On m'avait assuré que M. Salgués, l'un des collaborateurs les plus distingués de la Gazette de France, que nous avons vu faire anciennement les beaux jours du Journal de Paris, du Courrier des Spectacles, et plus anciennement des Petites-Affiches, ce qui prouve qu'il n'en est pas à son noviciat et qu'il aime le chan-

Après m'avoir fortement blâmé de dire que les trois quarts des auditeurs n'entendent rien

---

gement (car il vient encore d'abandonner cette pauvre Gazette de France pour le Journal de Paris), ne signait jamais ses articles, et qu'ainsi que ses confrères, il se retranchait derrière quelques lettres de l'alphabet, comme derrière un rempart inexpugnable. Le feuilleton du 25 janvier m'a prouvé qu'on s'était trompé, puisqu'il est signé en toutes lettres. M. S. a eu le projet d'analyser un nouveau poëme de madame de Genlis, et quoique le feuilleton contienne près de huit colonnes, je n'y ai vu que le titre de l'ouvrage, et pas un mot de plus qui y ait rapport. Cet article ne s'en appellera pas moins une analyse ou un compte rendu; tant pis pour les abonnés qui comptaient dessus, et qui auront eu, à la place de quatre pages sur l'ouvrage, quatre pages sur l'auteur, dont ils n'avaient que faire : mais, ils ont payé d'avance, ils doivent prendre tout ce qu'on leur donne ; dans le fait, ce feuilleton est tout uniment une espèce de sermon, enrichi de passages latins tirés des saintes Ecritures, qui m'a paru tellement rempli d'onction, et de charité chrétienne, que si madame de G. était dans le cas d'être convertie, l'honneur de cette conversion appartiendrait incontestablement à M. S. Je crains seulement que madame de G. n'ait l'esprit assez mal fait pour ne voir dans ce feuilleton qu'un tissu d'injures et de personnalités quelquefois grossières ; mais outre que l'auteur y déclare qu'il ne se permet jamais ni injures, ni personnalités, et qu'il faudrait l'en croire à la musique, quoique ce soit très-vrai, il ajoute, et ceci n'est pas le passage le moins curieux de son article. « L'auteur est *donc* un » homme chagrin, disposé à plaindre le pré- » sent, à vanter le passé, et je serais tenté de » croire qu'il a passé lui-même l'âge heureux » où le feu de l'imagination et du sentiment » anime toutes nos jouissances. » Après un pareil anathême, il ne me resterait plus qu'à me faire enterrer : mais M. J.-B.-S. peut se

---

sur parole, même contre l'évidence, j'avoue que je n'y ai vu que des complimens déguisés, il est vrai, avec tant d'adresse, que l'amour propre de madame de G. doit être entièrement à couvert. Ces ménagemens sont de la plus exquise délicatesse, et confirment cet axiôme connu : *La façon de donner vaut mieux que ce qu'on donne*. Le feuilleton est terminé par l'approbation que M. S. accorde à ce principe : *Que le critique qui manque de bonne foi, perd tout droit à la considération.* Cette approbation est pour moi d'un très-grand poids; elle me met fort à mon aise, en me dispensant formellement de toute considération pour M. J.-B.-S.; cette considération me gênait beaucoup, je l'avoue; je sentais une répugnance presque invincible à considérer un critique injuste, partial, de mauvaise foi; cependant j'aurais tâché de la surmonter, et peut-être y serais-je parvenu ; mais grâce à Dieu et à M. S. me voilà quitte de toute considération envers M. J.-B.-S., et ma conscience est en repos.

rassurer ; j'ai encore le bonheur de jouir de toutes mes facultés physiques et morales : je le félicite d'être dans tout l'éclat de la jeunesse ; cela doit être, puisque c'est en qualité de vieillard que je pense autrement que lui, surtout sur le temps présent et le temps passé : j'ai donc affaire à un jouvenceau *encor paré des grâces du bel âge :* mais alors, comment a-t-il pu connaître tout ce dont il parle, et comparer les deux époques ? Cependant, comme sans être de la première jeunesse, on peut conserver long-temps de la gaîté, de la légèreté, de l'amabilité (quoique les deux articles de la Gazette dénotent beaucoup plus que mes Réflexions, un homme chagrin et morose), il est très-possible que M. J.-B.-S., loin d'être un jouvenceau, touche à la *cinquantaine :* dans ce cas, je dois en convenir, il aura pu voir ce dont il parle, l'Opéra buffa de 1789, les anciennes sociétés qu'il trouve mauvais que je préfère à celles d'aujourd'hui, la composition des spectacles en acteurs et en spectateurs, avant la révolution, etc. Mais parce qu'il aura pu voir tout cela, je n'en conclurai pas qu'il l'a vû : en conséquence, lorsqu'il me sera démontré ; 1°. que M.-J.-B. S. habitait Paris avant la révolution, ou qu'il y venait fréquemment : 2°. que son état ou ses occupations lui permettaient de suivre les spectacles : 3°. qu'il suivait surtout l'Opéra buffa, dont il est ici question : 4°. qu'il avait, en musique, des connaissances assez étendues pour pouvoir émettre une opinion, sans se rendre ridicule ; j'entends des connaissances réelles, et non celles de l'homme de goût que je persiste à regarder comme très-insuffisantes, pour porter un jugement sûr : 5°. qu'il voyait habituellement la bonne compagnie d'autrefois, afin de la comparer à celle du jour. Lorsque tout cela me sera démontré, la partie deviendra égale entre entre lui et moi, et nous pourrons discuter chacun notre opinion ; jusques-là, je garderai la mienne, parce que je puis croire qu'il ne parle de tout ce qui existait anciennement, que d'après les autres ; c'est-à-dire, à peu près comme un aveugle parle des couleurs (1).

---

(1) Un écrivain, qui, sous le nom d'*Ermite de la chaussée d'Antin*, publie toutes les semaines un article dans la Gazette de France, et dont le talent aimable a su faire, des leçons de la philosophie, un recueil de bulletins à la mode, s'est un peu fourvoyé dans le feuilleton du 16 janvier 1813, sur les époques de la galanterie française. « M. de Richelieu parut dans le » monde avec un grand nom...... Il a dû à Voltaire la

A l'article du jeu, M. J.-B.-S. transcrit une anecdote que je cite, et la trouve *assez* cu-

---

» plus belle partie de sa réputation. » M. de Richelieu n'avait point un grand nom, mais un nom *illustré*, ce qui n'est pas la même chose : quant à ce qui suit, c'est une idée qui a le mérite de la nouveauté, et non celui de la réalité. Sans Voltaire, la réputation de M. de Riche-eût été la même, soit en bien, soit en mal. L'ermite rappelle l'anecdote scandaleuse d'une marchande de la rue Saint-Antoine; il devrait savoir que le troisième volume de la vie privée du Maréchal, où elle est consignée, est aujourd'hui regardé, sinon comme tout à fait apocryphe, au moins comme ne méritant pas, à beaucoup près, une confiance entière. L'impudence d'un comédien auteur, qui s'est permis de faire de cette anecdote, un mauvais drame, et l'impudence des acteurs qui l'ont représenté à une époque où l'on traduisait jusqu'aux rois sur la scène, ne lui ont pas donné un degré de certitude de plus, aux yeux des gens raisonnables : elles n'ont pu séduire que ceux auprès de qui il suffisait d'avoir été un grand seigneur de l'ancien régime, pour être jugé capable d'une bassesse ou d'une atrocité. L'ermite fait succéder *immédiatement* madame du Barry à madame de Pompadour, en disant : « Lorsqu'à la mort de madame de Pompadour, » madame du Barry vint souiller le palais des rois. » Il y a eu plus de cinq ans d'intervalle de l'une à l'autre. L'ermite dit que « sous le dernier règne, les petits maîtres de la cour et de la ville abandonnèrent les salons et les boudoirs pour la taverne. » En Angle-

rieuse ; il pouvait, sans risque, l'appeler *très-curieuse* ; il n'en connaît sûrement aucune qui le soit davantage, et qui prête autant aux plus sérieuses réflexions.

M. J.-B.-S. n'a consacré que dix lignes à mes *Réflexions sur le Duel ;* et dans ces dix lignes, mon critique me paraît en défaut. « Telle est encore (dit-il) la force du pré- » jugé, que, s'il est permis de refuser le duel, » cette faveur n'est accordée qu'à l'homme

---

terre, on pourrait se servir de ce mot : en France, il est non-seulement impropre, mais totalement déplacé : jamais à Paris, ni sous le dernier règne, ni sous le précédent, les gens comme il faut n'ont vécu à la *taverne*, qui n'est fréquentée que par la dernière classe du peuple : tout ce qu'il ajoute sur la vie que menaient les jeunes gens à cette époque, est, ou controuvé, ou très-exagéré, et prouve que l'Ermite s'est laissé entraîner par l'envie de parler de tout ; que, comme tant d'autres, il a parlé de ce qu'il a peu ou mal connu, et qu'il a consulté de mauvais mémoires : écueil ordinaire de ceux qui veulent être universels.

Nota. Comme l'âge que se donne l'ermite pourrait induire en erreur, il est bon d'avertir qu'il se fait cadeau de vingt à vingt-cinq ans : d'ailleurs, il se contredit quelquefois : né (à ce qu'il dit) en 1741, il fréquentait les tables d'hôte, à la mode en 1751, c'est-à-dire, à dix ans ! La mémoire lui a manqué là.

» dont la bravoure est connue, et qui a fait » ses preuves. » Qu'entend M. J.-B.-S. par *avoir fait ses preuves?* à combien de siéges, de combats faudra-t-il s'être trouvé, ou, si l'on n'a pas fait la guerre, à combien d'affaires particulières, pour avoir le droit de refuser le duel? Comme l'homme qui le refuse, doit naturellement être celui qui a offensé, M. J-B.-S. pense-t-il que la personne insultée se contenterait de cette réponse : *J'ai fait mes preuves, je ne me bats pas?* Cela fut-il vrai, je doute que l'offensé trouvât cette réparation suffisante. L'homme le plus brave et le plus généralement reconnu pour tel, n'osera pas refuser le duel, parce que la force du préjugé est encore telle, que ce refus pourrait être taxé de lâcheté, même à l'égard de celui dont la réputation aurait été jusqu'alors à l'abri de toute atteinte : c'est en quoi notre préjugé me paraît blâmable. Il faudrait que, pour une offense légère, l'homme reconnu pour brave, pût faire des excuses, sans craindre de les voir mal interprêtées. Cette réflexion a échappé à M. J.-B.-S., que je soupçonne d'avoir peu réfléchi sur le préjugé qui règne encore parmi nous : il a traité la question beaucoup trop légèrement, pour compenser sans doute celles sur lesquelles il s'est un peu trop appésanti.

L'article finit par : « L'auteur des Réflexions » présente à ce sujet des idées fort sages. » Comme M. J.-B.-S. ne m'a pas gâté par ses éloges, celui-ci me devient infiniment précieux.

M. J.-B.-S. était pour moi un adversaire assez redoutable; la force de sa logique; la justesse et la profondeur de ses observations, pouvaient se passer de secours étrangers. Cependant voici un M. S. qui, dans le feuilleton du 24 décembre, tout en rendant compte d'un ouvrage de M. Baillot, trouve moyen de me mettre en jeu, *à propos de botte*, pour le seul plaisir de me dire quelques *petites* duretés bien gratuites, de me lancer trois ou quatre traits, et de flagorner son confrère : c'est ce qui s'appelle faire d'une pierre deux coups. J'ai grand tort, selon lui, de n'être pas sur le conservatoire, de l'avis de M. Baillot; ce qui, entre nous, est une chose assez naturelle. M. B. en est un des professeurs, et je ne le suis pas; nous pouvons donc, et devons, peut-être, voir cet établissement avec des yeux différens; et quant à l'équité des jugemens, la partialité inhérente à l'homme qui en fait partie, balance au moins ce qui peut manquer à celui qui en connaît moins parfaitement les détails.

M. S. trouve que mes Réflexions ont été *judicieusement* analysées par M. J.-B.-S., et il le proclame *spirituel* auteur de l'article. Ces petits coups d'encensoir donnés à un collégue sont aujourd'hui appréciés par le public à leur juste valeur, c'est-à-dire, mis un peu au-dessous de rien : mais comme ce sont de petits prêts exactement rendus, de véritables dettes d'honneur, et que, dans le fond, ils coûtent peu, la mode n'en est pas passée. M. J.-B.-S. rendra le compliment; il trouvera quelque pauvre analyse de M. S., ce qui ne lui sera pas impossible, en la cherchant bien; il la proclamera dans son feuilleton très-*judicieuse*, en déclarera l'auteur d'autant plus spirituel, qu'il aura montré moins d'esprit, et les deux professeurs à l'alphabet seront parfaitement quittes. Si j'étais malin, je prendrais la peine de chercher quelque vieux proverbe dont l'application pût se faire ici, et j'ai l'espoir que je le trouverais; mais, outre que ce serait empiéter sur les droits de MM. les Journalistes, à qui la malice est exclusivement permise, je suis bonhomme, et je veux laisser à mes lecteurs le plaisir de le trouver.

Cependant, malgré l'excellence de l'article M. J.-B.-S., et la manière victorieuse dont il me réfute, M. S., voulant apparemment que je je n'en relève pas, me fait trois ou quatre objections de la plus grande force, et il les fait d'un ton tellement assuré, que je suis moi-même étonné d'avoir pu leur trouver des réponses. Je vais les lui soumettre très-humblement, avec tout le respect dû à un infaillible; car on n'a pas oublié que, de leur nature, tous les Journalistes le sont.

Je citerai les passages de M. S. qui me regardent, et j'y répondrai à mesure. « Je dirai » à l'homme du monde : Le lieu saint est-il » donc destiné à former la jeunesse à des exer» cices profanes? » Question déjà faite par M. J.-B.-S, mais que M. S. trouve si belle, qu'il ne peut s'empêcher de la répéter. J'ai dit dans mes Réflexions, que, sous le rapport musical, le conservatoire n'avait pas remplacé les écoles des cathédrales répandues dans toute la France, et je le dis encore, quoique M. J.-B.-S., M. S. et M. Baillot soient d'un avis contraire. Le lieu saint formait des musiciens qui, ensuite, embrassaient l'état qu'ils voulaient, et montaient sur les théâtres quoiqu'ayant appris la musique à l'église : il n'y avait là rien d'impraticable, ce me semble. « Je l'inviterai ensuite, pour mon propre » compte, à vouloir bien considérer que les » théâtres de France, dans quelque genre que

» ce soit, ont un égal besoin de sujets des » deux sexes, et que, jusqu'ici, on n'a vu » dans les maîtrises des cathédrales et des » collégiales que des enfans de chœur mas- » culins. » Observation peut-être encore plus lumineuse que maligne : je conviens du fait ; c'est-à-dire, que les enfans de chœur étaient tous des garçons : je l'avais même soupçonné avant que M. S. prît la peine de me l'assurer ; mais je sais aussi qu'avant l'établissement du conservatoire, nous avions sur nos théâtres des cantatrices *tout aussi parfaites* que celles qu'on y admire aujourd'hui. Elles se formaient *donc* sans conservatoire ; on pouvait *donc* s'en passer pour cet objet. « Sans le conservatoire, » l'Opéra et le théâtre Feydeau auraient-ils » Mesdames Branchu, Albert, Duret et » Boullanger ? » Oui ; ou, au moins, pourraient-ils les avoir, puisqu'ils ont eu Mesdames Saint-Huberti, Maillard, d'Avrigny (née Renaud), Scio, et plus anciennement Mesdames Laruette et Trial, qui, n'en déplaise aux louangeurs du temps présent, valaient *au moins* celles que cite avec tant de complaisance M. S., qui voudra bien observer que j'aurais pu allonger de beaucoup cette nomenclature. « L'homme du monde peut être » assuré que ces excellentes cantatrices n'ont

» jamais chanté au lutrin. » La plaisanterie devrait avoir ses bornes. M. S., non content de m'écraser sous le poids de ses raisonnemens et de sa logique, veut m'achever avec un trait de la plus sanglante épigramme. N'avait-il que ce moyen, de démontrer à l'univers qu'il sait manier également tous les genres, qu'il possède ce talent si précieux et si rare, de *passer du grave au doux, du plaisant au sévère?* L'indulgence est, dit-on, la compagne des grands talens : je vois que, malheureusement pour moi, cela n'est pas toujours vrai. Que puis-je répondre à un argument aussi formidable ? que mes cantatrices n'ont pas plus chanté au lutrin que les siennes : c'est une bien faible réplique ; mais, n'en ayant pas d'autre à donner, on la prendra pour ce qu'elle vaut. « L'homme du monde » peut, en outre, ajouter cette réflexion à » toutes les siennes ; c'est que tous les acteurs » de nos théâtres lyriques, qui avaient fait » leur début dans le plain-chant avec accom- » pagnement de serpent obligé, ont conservé » toute leur vie, sur la scène, une roideur, » une lourdeur, une absence de goût, qui, » sous le costume d'Agamemnon, d'Oreste, » d'Achille, ou d'Orphée, trahissaient toujours » l'habitué de paroisse. » Je me contenterai de citer Jelyotte, Legros, Rousseau et Lays, qui ont appris la musique dans le *lieu saint.* Le premier a été vu sur la scène par peu de gens existans ; Legros, avec une voix superbe, était gauche, j'en conviens : il avait cela de commun avec des chanteurs actuels, sortis du conservatoire, que je crois inutile de nommer. Rousseau aurait pu, je pense, soutenir la comparaison avec tout ce qui brille aujourd'hui sur la scène ; il ne nous reste que Lays pour vérifier l'étrange assertion de M. S. J'invite donc les amateurs à se rendre à l'Opéra, la première fois qu'il verront sur l'affiche le nom de cet acteur. Comme M. S. ne peut pas s'être trompé, je suis convaincu qu'ils lui trouveront *la roideur*, *la lourdeur et l'absence de goût*, inséparables de tous ceux qui ont chanté au lutrin, et qu'au lieu d'Anacréon ou de Panurge, ils n'entendront plus qu'un habitué de paroisse, entonnant le *Veni creator* ou le *Pange lingua.* Comme M. S. n'a cité que des rôles du grand Opéra, je n'ai cité de mon côté que des chanteurs de ce théâtre ; j'aurais pu en trouver parmi ceux de l'Opéra-Comique, qui ont joui et qui jouissent encore d'une grande réputation : ils auraient ajouté un nouveau degré de certitude à son admirable découverte. M. S., en plaisantant légèrement sur l'accompagnement de serpent obligé, a l'air d'ignorer que presque toutes les cathédrales avaient des orchestres, souvent très-complets; que, par conséquent, les enfans de chœur étaient accompagnés quelquefois par d'autres instrumens que le serpent. Si M. S. ignorait cela, pourquoi parle-t-il de ce qu'il ne sait pas? S'il a seulement feint de l'ignorer, il a eu tort; on ne doit jamais chercher à paraître plus ignorant qu'on ne l'est réellement; on court risque de rencontrer des gens crédules, et la réputation peut en souffrir: ces sortes d'essais ne sont pardonnables qu'à ceux qui ont beaucoup à perdre. M. S. veut absolument que j'ajoute une réflexion aux miennes; j'ajouterai celle-là.

Je n'ai jamais prétendu qu'un chanteur sorti du conservatoire, ne deviendrait pas un bon acteur par la suite; j'ai prétendu et je prétends qu'il n'en sortira pas tel. Je donne cent ans au conservatoire pour fournir un acteur (je ne dis pas chanteur) comme Lainez, et une actrice comme Madame Dugazon.

Un troisième athlète se présente, monté sur les lettres F. X. Celui-ci ne m'attaque pas directement; mais sa diatribe est si comique, si neuve, que je profite de l'occasion pour signaler à mes lecteurs un nouveau docteur à l'alphabet, qui me semble encore trop peu connu.

Il est question de l'almanach des Gourmands, que M. F.-X. traite fort mal, et par contre-coup, les membres du jury dégustateur fondé par M. G. de la R. (et dont je fais partie avec deux ou trois cents autres). M. F.-X., dans le feuilleton de la Gazette de France, du 1er. janvier, nous donne des étrennes d'un genre très-neuf. Je ne sais quel journal a, dans le temps, appelé cet article un sermon : il lui a fait trop d'honneur ; c'est une vraie *capucinade*, dans toute la force du terme (1). L'auteur s'est trompé lourdement dans l'exécution ; mais son intention a été bonne, et aucun missionnaire partant pour aller convertir les Infidèles dans les Grandes-Indes, ou à la Chine, n'en a jamais manifesté de plus pure, de plus

---

(1) Puisque M. F.-X. veut se livrer à la prédication, je l'engage à prendre pour modèle M. Salgues, qui, dans un sermon adressé à madame de Genlis, à propos d'un nouveau poëme, a dû lui prouver combien il gagnerait à marcher sur ses traces : car je ne peux lui dissimuler qu'il en est encore à une distance prodigieuse. Si je devais aujourd'hui classer ces deux orateurs évangéliques, je les appellerais le Bourdaloue et le Cotin du dix-neuvième siècle.

chrétienne, de plus digne enfin d'obtenir un jour les récompenses destinées aux élus. M. F.-X. s'étend longuement et pesamment (je ne le blâme pas, chacun écrit comme il peut) sur le malheur de voir des gens qui se rassemblent pour dîner, qui restent plusieurs heures à table, dissertent sur les plats, font une affaire importante de la gourmandise qu'ils érigent en vertu : il les appelle des *ogres;* ce qui est une expression un peu grossière, mais qu'on pardonne à un missionnaire emporté par un zèle évangélique : ces gens-là pensent à dire de bonnes choses, et non à les bien dire. Il avait cru jusqu'à présent que tout cela n'était qu'une plaisanterie ; aujourd'hui qu'il lui est démontré que c'est très-sérieux, que nous sommes arrivés à cette désastreuse époque « où » des écrivains osent faire sérieusement l'a- » pologie de tous les vices, de toutes les pas- » sions désordonnées de la nature humaine, » Il tonne pieusement contre un désordre aussi épouvantable : ce digne homme veut, à tout prix, faire triompher la vertu : si ces *ogres* étaient capables de l'entendre, il leur parlerait morale et religion ; il se contente donc de gémir sur la perversité humaine. Parler morale et religion à des gens qui se rassemblent huit ou dix fois par an pour dîner!!!! y a-t-il rien d'aussi burlesque ? Et en vérité, le critique qui prend au sérieux de pareilles choses, n'a-t-il pas droit à un sentiment que je ne veux pas désigner plus clairement, mais qui sera deviné par tous mes lecteurs ? Quelle aimable simplicité ! quelle naïveté piquante ! quelle charmante bonhommie ! et l'on ose dire que tous les Journalistes sont plus ou moins malins : ah ! M. F.-X. fait une belle exception à la règle ; s'il devient jamais chef de secte, nous devons nous attendre à n'avoir bientôt pour critiques que les plus *excellentes pâtes* d'hommes qui éxistent : cependant, pour imiter de mon mieux M. F.-X. qui est un modèle parfait, je vais aussi parler sérieusement. Il est très fâcheux que son zèle ait été paralysé, qu'il n'ait pas cédé à l'envie de convertir les membres du jury dégustateur par un sermon sur la morale et la religion. D'abord ce chef-d'œuvre aurait été imprimé dans la neuvième année de l'Almanach des Gourmands, avec des notes explicatives qui en auraient fait ressortir les nombreuses beautés ; et en attendant cette époque, il aurait été lu à quelques séances du jury où il eût exercé les muscles zygomatiques de tous les membres. M. F.-X. termine sa *capucinade* par déclarer que des gens qui aiment la bonne chère, ne peuvent pas être des littérateurs, et qu'il mettra tous ses soins à empêcher qu'on ne les prenne pour tels. Je n'ai pas besoin d'ajouter qu'il se croit *lui* un littérateur du premier ordre : je suis donc bien aise de lui déclarer de mon côté, que, parmi ces *ogres*, il y en a un grand nombre (à commencer par moi, qui ne crois pas devoir être pour cela taxé de présomption) qui ne troqueraient pas leurs productions littéraires contre les siennes, en supposant même que le feuilleton du 1er. janvier fût ce qu'il a publié dans sa vie de plus misérable (1).

Il faut aborder enfin ce redoutable Journal de l'Empire, ce colosse appuyé sur quinze cent mille francs de recette, et sur un million

(1) Quelqu'un qui se dit bien instruit, m'a affirmé que M. F.-X. était un littérateur connu par des productions agréables, par une surtout, où il chante très-gaîment le même art *de la Gueule* qu'il dénigre aussi cruellement aujourd'hui. Quelque confiance que mérite cette personne, je ne saurais ajouter foi à ce qu'elle m'a dit : Le feuilleton du 1er. janvier et la G.....e ne peuvent ni avoir été conçus dans le même cerveau, ni sortir de la même plume, à moins cependant que le feuilleton ne soit le résultat d'une gageure, ce qui ne détruirait pas mon assertion.

de lecteurs (1). Cependant si l'on en concluait que tous ses rédacteurs sont de bons critiques et des littérateurs estimables, on se tromperait fort; j'ai eu le malheur de tomber entre les mains d'un M. A., qui me paraît un des *matadors* de l'ordre, et l'on verra dans ma

---

(1) Ce journal annonce ordinairement les ouvrages nouveaux cinq ou six mois après en avoir reçu et peut-être vendu les exemplaires : toutes les plaintes des auteurs sont inutiles ; heureux ceux à qui les commis de cette administration daignent répondre quelques mots ! Une puissance aussi formidable ne fait que ce qu'elle veut ; elle a tous les vices des gens trop riches et parvenus trop rapidement ; elle est tranchante, dédaigneuse, insolente, et se croit infaillible, parce qu'elle ne convient jamais de ses torts, et que des milliers d'imbéciles ont la sottise de la redouter ; car une réclamation contre le plus petit membre de ce grand corps n'est pas admise davantage dans les autres journaux que dans le sien ; ils le ménagent quoiqu'ils le jalousent et le détestent complètement, ce qui est le comble de la bassesse. On pousse même quelquefois la naïveté jusqu'à vous répondre qu'on ne veut pas *se faire d'ennemis* : excuse des lâches qui ne dénonceraient pas un assassinat dont ils auraient été témoins, pour ne pas se faire un ennemi de l'assassin. J'excepte les réclamations contre M. Geoffroy, qui sont toujours accueillies avec une complaisance *qui tient de l'avidité.*

réplique à ses articles sur mes Réflexions, qu'il est encore bien éloigné de pouvoir offrir un modèle de saine critique, de franchise et de bonne foi (1).

---

(1) M. A. exerce sa dictature depuis bien des années; car le 4 décembre 1808, il a rendu compte de *l'Omniana*, recueil d'anecdotes dont j'ai fourni quelques-unes, et ses principes étaient déjà ceux d'aujourd'hui : ne pouvant commencer trop tôt à critiquer, il débute par trouver le titre (Omniana, ou extrait des archives de la société universelle des gobe-bouches) *recherché*, *obscur*, *et presque inintelligible* : ce qui prouve seulement que dans ce temps-là, *l'intellect* de M. A. ne s'étendait pas très loin; mais, peste! les choses ont bien changé depuis; il s'est tout-à fait formé, comme on va le voir. Après une page de réflexions plus ou moins lumineuses, M. A. parle d'une histoire de sorciers; il feint d'oublier que l'éditeur de l'ouvrage a dit en la commençant : « On prétend que cette aventure » est consignée dans les registres de la police de » Paris; ce que je sais, c'est qu'elle l'est dans les ar» chives des gobe-mouches. » Cette phrase désigne clairement le degré de crédulité de l'éditeur; mais M. A. a l'air de croire qu'il la regarde comme très-véritable, pour avoir le plaisir de dire qu'il ne lui paraît pas un *fort grand sorcier*. Il termine ainsi son analyse en se félicitant d'avoir lâché une impertinence qu'il a prise pour un bon mot.

Puisque l'occasion s'en présente, je préviens M. A.

Je trouve page 54 d'une brochure nouvelle, intitulée les *Etrennes*, ou *Entretiens des morts*, un portrait si naturel et si vrai de M. A. que je ne puis m'empêcher de le transcrire ici. « *Do-*
» *mergue* : — les articles de A. m'amusent ;
» j'aime à le voir aux prises avec un pauvre
» auteur : ses bouffonneries pétillent d'esprit :
» il tue son homme en le plaisantant, son trait
» est acéré ; souvent il a l'air de le retirer ;
» mais c'est pour faire éprouver de nouvelles
» souffrances au patient (1) : son esprit lui fait

---

que je suis l'un des auteurs d'un ouvrage qui a paru en novembre dernier, sous le titre de *Souvenirs de deux anciens Militaires* : s'il est chargé d'en rendre compte, je saurai par le ton qu'il emploiera, si la petite leçon que je prends la liberté de lui donner aujourd'hui est suffisante, ou s'il en faudra une seconde ; et comme dans cette affaire-ci, j'ai un associé, nous pourrons administrer la dose double.

Nota. L'Omniana, 1 vol. in-12, 4 fr., et les Souvenirs, 1 vol. in 12, 2 fr.; se trouvent chez Eymery, rue Mazarine, n°. 30 ; Dentu et Delaunay, au Palais-Royal.

(1) C'est surtout lorsqu'il leur tombe entre les mains un ouvrage très-ridicule, que les journalistes déploient dans son examen toutes les richesses de leur esprit, et font preuve de *bienveillance* et *d'urbanité* : ils appellent cela une bonne fortune : les quatre pages du

» pardonner sa profonde ignorance en gram-
» maire. *Fréron* : — Quoi ! un critique ignore
» la grammaire ? *Domergue* ; — Ce qui ne l'em-
» pêche pas de se moquer des grammairiens et
» de critiquer leurs ouvrages. *Luce.* — Il n'est
» pas plus orthodoxe en littérature : sa critique
» se borne à tout dénigrer ; il fait la grimace
» lorsqu'il loue , et sa louange est toujours
» suivie d'une restriction offensante ; il ne
» saurait soutenir le poids d'une discussion
» sérieuse : son talent s'élève jusqu'à l'examen
» d'un roman frivole , ou d'un almanach. »

---

feuilleton ont peine à suffire à toutes les citations de mots étranges, de phrases absurdes, ou *anti-françaises*, de vers de onze et de treize pieds, et chacune est accompagnée d'une épigramme qui, à coup sûr, n'a pas coûté beaucoup : si on se croit obligé de parler de pareils ouvrages, on doit le faire en six lignes, et tâcher de persuader à l'auteur d'adopter un autre genre d'occupation. Mais écrire quatre grandes pages de mauvaises plaisanteries, s'appesantir sur une production assez misérable pour ne pouvoir prêter à aucune sorte d'examen ; *dauber* longuement un pauvre diable d'auteur qui ne devrait inspirer que la pitié, c'est abuser de la patience de ses lecteurs, de son privilége d'être payé d'avance ; c'est, en un mot, se moquer du public, et assurément, de pareilles analyses ajoutent peu à la gloire d'un critique.

Ce portrait n'est assurément pas flatteur ; eh bien ! M. A. en laissera de côté la dernière moitié, ne s'arrêtera qu'aux premières phrases, et son amour-propre sera satisfait. « Ses » bouffonneries pétillent d'esprit. » Bon (dira-t-il) j'ai donc de l'esprit comme un démon ! c'est tout ce qu'il me faut : — Il ne sentira pas que le mot de *bouffonnerie* est un correctif bien autrement terrible que tous ses MAIS, parcequ'il le range sur la même ligne que les saltimbanques et les charlatans qui brillent sur les tréteaux. « Il tue son homme en le plaisantant. » Bon (dira-t-il), je suis donc un critique très-redoutable : on ne guérit jamais des blessures que j'ai faites ; (l'aimable talent de société !) quel journaliste peut m'être comparé !... — et M. A. se frottera les mains, sourira avec complaisance, ne s'appercevra pas que tout son esprit, en eût-il dix fois davantage, est réduit à rien par le misérable usage qu'il en fait : au reste, il sera convaincu j'espère, après avoir lu cette réplique, qu'il ne tue pas toujours son homme, et que je suis encore très-vivant : si c'est à force d'esprit qu'il a dû me tuer, la dose n'a pas été assez forte, à beaucoup près (1).

---

(1) Si un jour M. A. reconnaît qu'il n'y a pas dans

J'avais cru jusqu'à présent qu'un journaliste qui voulait rendre compte d'un ouvrage, était indispensablement tenu d'en lire d'abord le titre, ensuite la préface ou l'avant-propos qui, pour l'ordinaire, explique le plan et les intentions de l'auteur. Combien j'étais dans l'erreur! M. A. m'a démontré que cette petite formalité était tout-à-fait inutile; qu'on pouvait rendre compte d'un livre sans ce préliminaire cru indispensable par les bonnes gens: car il n'a lu ni le titre de mon ouvrage, ni mon avant-propos; en voici la preuve.

Ma brochure est intitulée : *Quelques Réflexions*, etc.; ce qui est assurément le plus modeste de tous les titres, celui qui affiche le moins de prétentions, et qui impose à l'auteur le moins d'obligations. L'avant-propos dit précisément, « ces réflexions ont été jetées » sur le papier, isolément, sans dessein, » presque toutes à mesure qu'elles m'ont été

---

son portrait le plus petit côté favorable; il appellera un libelle l'ouvrage dont je l'ai tiré, ce sera dans l'ordre; c'est le mot *technique* pour désigner ceux qui disent franchement de dures vérités; mais MM. Etienne, de Jouy, Fleury, Talma, et autres, dont il fait l'éloge, ne lui donneront pas cette injurieuse qualification.

» suggérées par ce que j'ai vu dans le monde : » quoique réunies aujourd'hui, je ne me dissi- » mule pas qu'elles n'offrent ni plan fixe, ni » suite, ni liaison. » On va voir avec quelle loyauté, quelle bonne foi, M. A. juge un ouvrage ainsi annoncé : (Journal du 5 février 1813.)

« La plupart de ces réflexions sont justes, » *mais* sans profondeur ; quelques-unes peu- » vent-être contestées, *mais* n'ont point » l'éclat du paradoxe. Le style a de la sagesse » et de la correction ; *mais* il est un peu » maigre, un peu sec, et est dépourvu de » chaleur et d'imagination ; cependant, l'es- » prit de l'auteur est généralement *assez* » juste (1) : ses intentions sont *assez* droites, » et les sujets qu'il traite *assez* intéressans » pour que la lecture de l'ouvrage se sou- » tienne avec *quelque* plaisir, et *quelque* » intérêt. » On reconnaît ici l'effrayante vérité du portrait ci-dessus ; l'éloge perce malgré l'Aristarque ; il a voulu dire du bien ; mais fidèle à ses principes, la modification suit de près : des *mais*, des *assez*, des *quelque* ;

(1) Voilà un *cependant* bien placé ! comme si le défaut de chaleur et d'imagination entraînait forcément le manque de justesse dans l'esprit.

jamais

jamais de louange sans restriction : et quel reproche fait-il à l'auteur des Réflexions ? De manquer de profondeur ; comme si l'auteur s'était engagé à être profond dans un ouvrage de sa nature frivole et léger ; comme s'il avait voulu faire un *traité*. Mon critique se plaint aussi du manque de liaison, quoiqu'on l'ait prévenu qu'il n'y en avait point. Il me reproche de n'avoir pas au moins uni mes quatre chapitres, deux à deux ; la musique avec les spectacles, et le duel avec le jeu, dont il a été souvent la suite. Quant à cette dernière liaison, elle me paraît aussi heureusement imaginée que le serait celle du cuisinier impérial avec un traité de pharmacie, parce que les indigestions sont souvent la suite des grands repas.

M. A. trouve très-*superficiel* ce que je dis des spectacles (encore le manque de *profondeur*) ; il voudrait que je les eusse considérés sous le point de vue de leur influence sur les mœurs et sur la littérature ; c'est-à-dire, qu'au lieu de juger ce que j'ai fait, il me reproche de n'avoir pas fait ce que je n'ai pas voulu faire ; et c'est là un critique !!! « Lorsque » l'auteur joint à ses réflexions quelques vues » littéraires et morales, elles attestent, sans » doute, un esprit droit et juste ; *mais* elles

» sont, comme je l'ai dit, très-*superficielles*, » quelquefois même un peu communes. » Encore le terrible *mais* et le manque de *profondeur!* Au reste, si mes vues dénotent un esprit droit et juste, c'est beaucoup; je voudrais rendre à mon critique son compliment; mais, à mon grand regret, la chose m'est impossible : je me vois, en conscience, forcé d'être ingrat; sa censure atteste un esprit partial et faux. Vient ensuite un très-long article, où la Lettre de J.-J. Rousseau à d'Alembert, sur les Spectacles, est citée sans aucun motif, uniquement pour avoir le plaisir de me dire à la fin de ce rabâchage, que je n'ai pas les talens de Rousseau : *belle conclusion et digne de l'exorde!* Il est vrai que j'ai la modestie de m'en croire autant que quelques docteurs qui s'en croyent beaucoup; mais comme, Dieu merci, je n'ai pas encore perdu la tête, je déclare à M. A. que je suis aussi éloigné de me croire le talent de Rousseau, que je le suis de lui accorder le goût, le tact et l'esprit de Voltaire. Je me flatte que le voilà pleinement rassuré sur mon compte.

« On peut accuser l'auteur de n'avoir pas » choisi les parties les plus intéressantes du » sujet qu'il a traité, de ne les y avoir pas ra- » menées du moins, avec plus d'étendue et de profondeur. » Encore cette *profondeur!* Si M. A. parvient jamais à s'élever au-dessus d'un feuilleton, et gratifie le public de quelqu'ouvrage, je m'attends à le trouver d'une profondeur tellement effrayante, que personne n'y comprendra rien, à commencer par l'auteur. « Les parties qui l'occupent plus parti» culièrement, n'auraient dû être qu'acces» soires, s'il avait voulu donner à sa discussion » un caractère grave, philosophique, litté» raire. » Je demande, non à M. A., qui veut absolument que j'aie fait un traité complet, lorsque j'annonce tout le contraire; mais au lecteur impartial, si c'est là une critique raisonnée, franche et de bonne foi: me suis-je engagé à publier une discussion grave, philosophique et littéraire, ou simplement *quelques* réflexions? Cette tactique de journaliste est réellement curieuse; ne pouvant trouver assez de mal à dire d'un ouvrage, on blâme l'auteur de n'en avoir pas fait un autre: c'est, en vérité, trop comique. Ma foi, *si c'est là de l'esprit, ce n'est pas du plus fin.*

M. A. n'est pas de mon avis sur les trois représentations que je voudrais qu'on accordât toujours aux pièces nouvelles: ceci est une affaire d'opinion; chacun a la sienne. Il cite en entier le passage suivant: « J'ai observé très-

» fréquemment que les gens d'esprit, hommes » ou femmes qui n'étaient pas admirateurs de » Molière, l'étaient avec excès de Voltaire et » de *tout* ce qu'il a publié : il n'y a rien là » de surprenant ; Voltaire est un enchanteur » dont il faut savoir se défendre ; ce qui de» mande les mêmes qualités que j'ai désignées » ci-dessus pour apprécier Molière ; le tact, » le jugement et l'expérience acquise par la » réflexion ; trois choses que les hommes pos» sèdent rarement et les femmes presque ja» mais. » Voici les réflexions de mon Aristarque sur ce passage : « Cela est peu galant » ; j'en conviens. « Cela est il très-juste ? » Je le crois fermement. « Du moins faudrait-il ad» mettre un grand nombre d'exceptions. » Fort peu. Ces observations me font présumer que M. A. doit être un *galantin*, répandu dans le beau monde, qu'il y donne le ton, y tient le dé, fait sa cour aux dames, et que ne sachant trop peut-être comment leur plaire, il imagine de leur sacrifier de temps en temps ses opinions : car, dans le fond de son ame, il pense absolument comme moi sur ce que je dis ci-dessus. Il est vrai que le sacrifice qu'il fait au beau sexe est extrêmement léger ; mais on doit toujours savoir gré à l'homme qui donne peu, lorsqu'il est reconnu qu'il ne peut pas donner davantage (1). Je passe au second article. (Feuilleton du 14 février.)

Je ne sais à quel motif je dois attribuer la différence de ton qui règne dans ce second article ; il n'a pas les formes *acerbes* du précédent : M. A. *a mis de l'eau dans son vin*, ce qu'il aurait pu et dû faire dès le premier. Il apprend à ses lecteurs, lesquels, s'il faut en croire Addisson, sont fort curieux

---

(1) Tout le monde a entendu parler du *Loustic* des régimens suisses, qui ne pouvait ouvrir la bouche sans faire rire aux éclats, même ceux qui étaient hors de portée de l'entendre, parce qu'il était toujours censé avoir dit quelque chose *te trôle*. Je me représente les admirateurs de M. A. riant de même à l'avance dès qu'ils aperçoivent sa bienheureuse lettre au bas d'un article. Eh bien! il est satisfait de ce gros rire niais dont les rédacteurs de *l'ancien* Mercure, de l'Année littéraire auraient rougi. Mais ces gens là recherchaient uniquement le suffrage des hommes de bon sens, des vrais littérateurs. Ils ne se permettaient ni lazzis, ni bouffonneries; fiers d'exercer une profession honorable, ils se gardaient bien d'en compromettre la dignité : ils ne croyaient pas que la méchanceté seule pût tenir lieu d'instruction, de talent et de goût. En un mot, ils ne devenaient pas critiques du jour au lendemain, avec la même facilité qu'on se faisait autrefois abbé, en endossant un habit et un manteau noirs surmontés d'un petit collet.

de le savoir, qu'je ne suis point jeune, et que j'ai au moins cinquante ans : comme je parle de choses que j'ai vues et jugées en 1780, il est à peu près impossible que je n'eusse pas alors environ vingt ans, et la conclusion qu'en tire M. A. est toute simple : mais pour ajouter que j'ai beaucoup observé, *beaucoup voyagé*, il doit avoir pris des informations ; car cela ne se devine pas. Il prétend que j'ai, selon Horace, le trait caractéristique de l'homme qui n'est plus jeune, *laudator temporis acti.* Je suis fâché qu'Horace ait consacré une maxime évidemment erronée, et que M. A. la répète comme une autorité. Pour louer le temps passé, il faut l'avoir vu, observé, et dans un âge qui permît d'avoir une opinion : or, on ne peut pas être jeune et parler pertinemment de trente à trente-cinq ans ; aussi les gens de moins de quarante ans révolus, lorsqu'ils parlent aujourd'hui des années antérieures à la révolution, ne savent-ils ce qu'ils disent. Ce n'est pas de *louer* le temps passé qui prouve qu'on n'est plus jeune, c'est d'avoir pu le voir ; car il ne faut pas conclure, comme le fait M. A., que j'ai trouvé, en 1780, *le Tableau parlant* mieux joué qu'aujourd'hui, parce que j'étais plus jeune : c'est une vérité reconnue par tous ceux qui ont vu les deux, et les gens qui n'ont vu que *le Tableau parlant* de 1811, peuvent-ils avoir un avis? Ceux qui, dans trente ans, parleront des huit ou dix premières années de la révolution, n'en feront sûrement pas l'éloge; ils seront *censores*, non *laudatores;* et malgré la maxime d'Horace, ils n'en seront pas moins vieux. J'ai vu à vingt et à vingt-cinq ans des choses qui m'ont fort déplu et fort ennuyé; je trouve que nous sommes aujourd'hui supérieurs dans beaucoup de parties à ce que nous étions il y a trente ans; mais nous ne le sommes pas dans toutes, comme quelques enthousiastes voudraient nous le persuader. Il semble qu'il faudrait indispensablement avoir connu les deux époques pour pouvoir les comparer et porter un jugement raisonnable et motivé : sans cela, on décide un procès sur le dire d'un seul avocat.

« Nous voilà enfin arrivés à la musique; » l'auteur me paraît en disserter fort doctement : j'ai été confondu de sa science; *peut-* » *être suis-je confondu un peu aisément.* » Malgré sa conversion, M. A. reprend ses vieilles habitudes; encore la petite pointe d'épigramme! mais celle-ci je la lui passe, parce que je suis entièrement de son avis; je pense qu'en musique, ainsi qu'en beaucoup d'autres choses, il faut infiniment peu de science pour le confondre.

J'ai dit qu'on citerait difficilement de grands crimes commis par l'homme réellement sensible aux charmes de la musique, qui sait en apprécier les beautés. Je n'ai pas prétendu pour cela que la musique n'ait jamais excité des passions terribles. Mon critique ne m'a pas compris, lorsqu'il m'a fait cette objection, puisqu'il cite des effets produits sur des *auditeurs* ignorans, et que je n'ai eu en vue que les *musiciens* bien pénétrés de leur art. Cependant je dois convenir que depuis la publication de mon ouvrage, j'ai connu des faits qui combattent victorieusement mon opinion, et je la modifierai beaucoup si je le réimprime.

M. A. prétend qu'on ne s'est point *passionné* pour et contre M. Belloni; pas autant que pour Gluck et Piccinni, parce qu'on n'a pas eu le temps; mais en trois semaines, il était difficile de faire davantage. M. A. dira peut-être aussi qu'on ne s'est point passionné pour mesdemoiselles Mars et Leverd : des pamphlets, des feuilletons, des querelles au théâtre et dans les cafés; que veut-on de plus? Mais, quelque ridicule que soit l'importance qu'on attache à de pareilles *niaiseries*, ce n'est pas là ce que j'y trouve de plus extraordinaire, de plus incroyable : c'est que des altercations aussi pitoyables, aussi indécentes, aussi attentatoires à ce que les comédiens (quelque soit leur talent) doivent au public, durent plus de quarante-huit heures. N'en déplaise à M. A., je suis encore ici *laudator temporis acti ;* je ne m'explique pas plus clairement : *A bon entendeur, salut.*

Mon chapitre sur *le Jeu* a fourni peu de chose à dire à M. A. : il se borne à citer une anecdote fort singulière que je rapporte, et en cela il a suivi l'exemple de tous les journalistes qui ont rendu compte de mes Réflexions : cette anecdote ne saurait, en effet, avoir trop de publicité ; quoique bien des gens l'ayent révoquée en doute, elle est de la plus exacte vérité ; j'aurais pu nommer trois des acteurs, si les réflexions que je fais sur l'anecdote me l'avaient permis.

Le chapitre *du Duel* donne lieu à quelques observations ; j'établis en principe que si on se tuait davantage, on se battrait moins. M. A. n'est pas de cet avis, et rapporte, a l'appui de son opinion, qu'on ne s'est jamais plus battu et plus tué que depuis Henri III, jusqu'après la minorité de Louis XIV. Ce qu'il appelle une réponse est précisément la confirmation de ce que j'ai avancé : 1°. que les duels sont plus fréquens lorqu'on se bat à l'épée seule, et dans les temps qu'il cite, on ne se battait pas autrement ; 2°. que l'usage des seconds faisant combattre six et huit personnes au lieu de deux, il devait y avoir plus de morts ; je n'ai jamais dit autre chose. M. A. transcrit ensuite un duel très-remarquable qu'il extrait de mon ouvrage, et ne pense pas comme moi, lorsque je dis que peu d'hommes auraient été capables *de la force d'esprit, de la grandeur d'ame et de l'empire sur eux-mêmes*, qu'a montrés M. de B. dans cette affaire, en donnant la vie à M. de M.-D. Il ajoute « qu'il y a toujours quelque chose de » répugnant, d'horrible même, à tuer un en» nemi qui ne peut plus se défendre, et que » le plus juste ressentiment tombe devant » l'homme désarmé. » Cela est vrai, généralement parlant ; mais le cas dont il s'agit ici est tout à fait particulier, ne ressemble à aucun autre. Ceux qui liront cette anecdote avec quelqu'attention dans mon ouvrage (non dans le Feuilleton, qui ne dit pas tout) conviendront que M. de B. pouvait, sans aucun scrupule, tuer son ennemi, quoique désarmé, et la conduite ultérieure de celui-ci a prouvé qu'il l'aurait bien mérité.

Me voilà parvenu à la fin de la tâche que je

me suis imposée : MM. les journalistes doivent être convaincus que le ton amer, tranchant, goguenard, ne leur est pas exclusivement dévolu, et que des écrivains, même accoutumés à en avoir un autre, peuvent le prendre quand ils veulent. Je n'ignore pas que de tous les genres d'esprit, c'est le plus facile, le plus misérable, celui dont on doit le moins tirer vanité : aussi ne l'ai-je employé que pour me mettre au niveau de ces MM. et leur répondre dans leur langue. Ils m'ont attaqué, je me suis défendu, nous voilà quittes. Actuellement, s'il leur tombe encore entre les mains quelqu'un de mes ouvrages, qu'ils le critiquent poliment, décemment, même sévèrement, je ne m'en plaindrai pas, et je profiterai de leurs avis. Mais s'ils employent le ton et le style de leurs articles sur mes Réflexions, s'ils dénaturent mes phrases avec une mauvaise foi manifeste, s'ils dirigent leur censure beaucoup plus contre l'auteur personnellement, que contre l'ouvrage (1), alors il faudra bien repousser d'indécentes attaques, et c'est ce que

---

(1) Des commentaires, des dissertations sur l'âge, l'humeur, le caractère d'un écrivain, sont fort indifférens aux lecteurs, et doivent l'être aux journalistes : ce sont là des personnalités. L'ouvrage *seul* est du ressort

je tâcherai de faire. J'ai même l'espoir de mettre les rieurs de mon côté, comme ils y seront peut-être après avoir lu cette réplique. Je ne puis trop répéter à MM. les journalistes, depuis A. jusqu'à Z., que, quels que soient le ton, le style, le genre de leurs critiques, je trouverai toujours le moyen de rendre la partie égale entr'eux et moi, parce que j'ai le bon esprit de savoir me plier à tous les genres.

---

de la critique; sa juridiction ne s'étend pas plus loin : l'homme, quel qu'il soit, doit être pour elle *l'arche sainte*; c'est un principe de rigueur dont l'alphabet entier ne saurait trop se pénétrer.

FIN.

www.ingramcontent.com/pod-product-compliance
Ingram Content Group UK Ltd.
Pitfield, Milton Keynes, MK11 3LW, UK
UKHW022134260726
13993UKWH00003B/1439